AU PROFIT DES INONDÉS.

LA CHARITÉ,

Poème

PAR

MM. J. VAISSE ET PÉLISSOT.

ÉTRENNES DU JOUR DE L'AN.

MARSEILLE,
IMPRIMERIE DE MARIUS OLIVE, RUE PARADIS, 47.

JANVIER 1841

Prix : Deux Francs.

ه

Ye   4719

LA CHARITÉ,

Poème

PAR

MM. J. VAISSE ET PÉLISSOT.

ÉTRENNES DU JOUR DE L'AN.

MARSEILLE,

MARIUS OLIVE, IMPRIMEUR, PARADIS 47.

JANVIER 1841

La poésie, si l'on peut donner ce nom à un pur élan du cœur, apporte son tribut de soulagement à des infortunes que tous ont voulu secourir. Son obole ne sera pas dédaignée : elle sera reçue comme le denier de la veuve et de l'orphelin.

Ce petit ouvrage demande grâce et faveur à un autre titre : nous le donnons en cadeau du jour de l'an. Il conservera sa destination entre les mains du public, qui pourra ainsi faire ses étrennes d'une bonne œuvre : c'est un double attrait.

Quant au sujet dont nous nous sommes inspirés, on

verra que nous l'avons développé selon des fantaisies qui sont loin de former un traité de la matière. Quelques formes dramatiques, quelques pensées philosophiques, voilà tout ce que nous avons pris de ce grand sujet. Mais il nous suffit d'avoir pu parler au cœur quelques mots de sa langue : un seul bon sentiment caressé ou réveillé vaut des trésors de morale. Tous les sentiments d'ailleurs ne jaillissent-ils pas des entrailles au mot *charité*, ce nom de baptême du cœur humain, cette grande passion qui est tout l'homme?

LA CHARITÉ.

I

Du sein de notre mère, en naissant à la vie,
La douleur est pour nous de la douleur suivie.
Nos yeux, dès la mamelle, apprennent à pleurer,
Du lait des pleurs la mort doit seule nous sevrer.
Chaque jour a sa nuit, chaque joie a sa peine :
L'amertume est au fond de toute ivresse humaine.
A peine, lorsqu'en nous s'éveille un jeune sang,
Goûtons-nous de la vie une joie en passant :
Le charme a bientôt fui. Puis, loin de notre mère,
La vieillesse à nos fronts verse son ombre amère,

Et nous nous endormons sous cet abri fatal,
Sous l'arbre du destin, mancenillier du mal.

C'est pourtant là, Seigneur, ta créature aimée,
Que ta charité fit, d'elle-même charmée,
Un jour que de ton sein tirant un souffle pur,
L'âme humaine germa de toi comme un fruit mûr;
Et que, l'enveloppant de chair et d'harmonie,
Tu la nommas beauté, tu l'inspiras génie :
Va, fille de mon âme, haleine de mon sein,
Règne sur l'univers, car tel est mon dessein;
De la terre et des cieux sois l'âme et la puissance;
Toute chose créée abonde en jouissance,
Afin que, tressaillant d'émois harmonieux,
Comme une harpe ouverte à la brise des cieux,
A ton être tout souffle apporte une caresse,
Tout rayon un baiser, tout parfum une ivresse.
A la terre, aux splendeurs du ciel ouvre tes sens,
Monte sur la montagne aux orages puissants,
Suis dans son vol de feu ma foudre vagabonde,
Suis les chœurs de la nuit disant l'hymne du monde,
Alors que se levant dans leur immensité,
Pour triompher, par moi, du grand astre dompté,
Aux plaines de l'Éther, les sphères enflammées

Marchent comme un seul homme, éclatantes armées.

Ecoute les concerts des forêts, hymnes saints,

L'Océan mugissant ses hymnes souverains ;

Que les soirs constellés t'inondent de leurs gerbes,

Que les joyeux matins t'éveillent dans les herbes;

Que midi, dévorant ton être d'un feu prompt,

D'un diadème d'or illumine ton front.

Mais seul!... de quel bonheur feras-tu ton étude ?

Il n'est pas de bonheur avec la solitude.

L'hymne de l'Océan, la musique des bois,

Et les soirs constellés, et l'onde aux grandes voix,

Et les joyeux matins, et les midis de flammes

Ces biens, ces majestés, ces parfums, ces dictames,

La solitude étend sur tout son froid linceul,

Et cherchant le néant, tu t'es dit : Je suis seul.

Homme, j'ai deviné le secret de ta peine :

Or, il faut une joie à la tristesse humaine.

Je te donne une sœur, la voici : soyez deux.

Il dit, et l'homme alors vit qu'il était heureux.

Sauvant sa créature en son âme troublée

Et versant la lumière à sa nuit désolée,

Dieu, de miséricorde et de pitié saisi,

Créa, pour accomplir son chef-d'œuvre choisi,

Suprême charité divine à son ouvrage !

La femme, le plus doux rayon de son visage ;

Et mettant les époux au douloureux chemin,

Il ajouta : marchez en vous donnant la main.

II

C'était le soir. Assis au-devant de sa tente,
Un vieillard contemplait la mer étincelante.

Autour du sage épars, sur ses genoux assis,
Jouaient de beaux enfants, groupe de petits-fils.

Il admirait le ciel, au lent déclin des heures,
Les palais du couchant, rayonnantes demeures,

Les pâtres aux vallons couchés, et les troupeaux,
La mamelle posée, accroupis au repos.

Nul souffle dans les airs, la nature muette
Etalait ses splendeurs, silencieuse fête.

Heure d'enchantement, repos d'un jour d'été,
Paysage divin, tableau de majesté !

Des temps généséens biblique mélodie,
Comme Claude Lorrain n'en créa de sa vie.

Mais, au milieu du calme et de la paix des airs,
Là-bas, dans le lointain des arides déserts,
De la terre surgit une vapeur livide,
Remplissant par degrés le crépuscule vide.
Le vieillard vit grandir la sinistre vapeur,
Et, la voyant monter comme un spectre, il eut peur.
Rentrons, enfants, dit-il, la nuit vient, l'heure est tarde,
C'est l'orage là-bas, le Tout-Puissant nous garde!
J'entends crier l'orfraie et l'inquiet vautour.
De votre père allons attendre le retour,
Car il était parti ce matin, plein de zèle,
Pour chasser dans les bois le faon et la gazelle.
Voici que de là haut la tempête descend,
Aux pas des voyageurs le ciel est menaçant.
De mon fils attardé, Dieu protège la marche!
Levant les yeux au ciel, le divin patriarche
Regagna, s'appuyant du bâton de noyer,
Le logis, où l'aïeule attendait au foyer.

Au dehors ruissela la tempête : la nue
Se déchira le sein comme une vierge nue.
Des souffles inconnus sillonnèrent la nuit,
Lamentables esprits que l'orage conduit ;

L'épouvante remplit l'abîme de l'espace,

De livides lueurs en éclairent la face;

Et dans les cieux en pleurs, penchés et douloureux,

La foudre va roulant ses échos ténébreux.

Le vieillard, oppressé d'une crainte muette,

A baissé tristement sa paupière inquiète,

Il n'ose relever ses regards étonnés,

Près de lui, les enfants se pressent consternés :

O joie! ô vision trop long-temps attendue!

Le père, sur le seuil debout, s'offre à leur vue.

La tente a retenti d'un joyeux cri d'amour ;

Et lui, comme signal de gracieux retour,

Détachant son fardeau de son épaule nue,

D'un daim jette à leurs pieds la dépouille chenue.

C'est la conquête due à ses robustes mains,

C'est le prix de sa course aux hasardeux chemins.

Charmée et devisant dans l'élan de sa joie,

La famille attentive admirait cette proie,

Chacun s'extasiant, riant, louant beaucoup

L'adresse et les vertus du chasseur. — Tout-à-coup

La foudre en éclat sourd se brise. — Dans la tente,

La famille se tait, de terreur haletante;

Quand soudain, au-dehors, un long cri de douleur

Leur apprend que, non loin, l'orage a fait malheur.

Le père tressaillant, debout prête l'oreille,

Et les cris redoublant, dans son âme s'éveille

Une angoisse profonde. — Allons, dit-il, allons;

Un malheureux périt là-bas dans les vallons.

Et, délaissant les siens au toît qui les abrite,

Brûlant et redoublé, son pas se précipite.

La pluie avait creusé des ravins sous ses pas,

Et les cris déchirants ne ralentissaient pas.

Il arrive aux vallons. Hélas, ô vue amère!

Un enfant sanglottait sur le corps de son père.

Tout près, des bestiaux frappés, gisant meurtris,

Une tente brisée et ses fumants débris,

Partout du feu du Ciel, esprit qui tue et passe,

L'empreinte désolée et la fatale trace.

Deuil suprême et sans nom, dans son trépas couché,

Le malheureux pasteur que la foudre a touché,

Et son enfant, destin plus lamentable encore!

Qui demain seul, hélas! verra lever l'aurore.

Mon fils, dit le jeune homme à l'orphelin brisé,

Notre Père des cieux ne t'a pas délaissé.

Quand nous aurons rendu celui que tes yeux pleurent

A la terre commune où vont tous ceux qui meurent,

Il revivra dans moi, tu seras mon fils, viens,

Mon toît te recevra, mes abris sont les tiens.

Ignorant si tu vins, mon fils, d'une autre mère,
Mes enfants, dans vos jeux, te nommeront leur frère,
Tu rompras avec eux le pain de chaque jour :
Je vous aimerai tous, et tous d'un même amour.

Et quand le soir, assis au-devant de sa tente,
Le vieillard contemplait la mer étincelante,
Parmi les petits-fils qui charmaient son déclin,
Il voyait se jouer et croître un orphelin.

III

Dans le cœur des humains naquit l'ambition.

Entendez-vous ces bruits, immense émotion,

Les rumeurs des cités que réveille l'aurore,

Le roulement des chars sur la dalle sonore,

Les ateliers bruyants d'où s'échappent en chœur

Les chants de l'ouvrier, comme un hymne vainqueur?

L'homme fort et l'enfant, et la femme et l'adulte,

Foule tourbillonnante et pleine de tumulte,

Inondent de leurs flots le forum populeux,

Se croisent dans la rue aux détours anguleux.

Les temples, les palais, le marbre des fontaines,

Bruissent du concert vivant des voix humaines.

Où dormaient les marais, où croissaient les gazons,

Fruits du travail humain, ont germé les maisons.

Pour féconder la terre et la rendre plus belle,
L'industrie a dompté la matière rebelle.
C'est la loi du Très-Haut. Le terrestre séjour
S'embaume de deux fleurs : le travail et l'amour.

Un peuple respirait sous ce double génie,
Cultivant le bonheur, les arts et l'harmonie,
Et sous les yeux d'un Ciel fécond et fortuné,
Il s'épanouissait, de grâces couronné,
Etalant aux regards des peuples de la terre
Les vertus de la paix, les vertus de la guerre.
Hélas! d'un seul méchant la malice et l'orgueil
Ont jeté sur ce peuple un long voile de deuil.

Dans une cité-reine, au fond d'un palais sombre,
Un homme, un étranger trame le mal dans l'ombre.
Esclaves de ses yeux, sans respect pour leurs ans,
S'empressent à ses pieds des vieillards courtisans.
Le visage du maître à leur visage envoie
Dédaigneux, le signal de tristesse ou de joie.
Le peuple au loin se tait, couché dans sa stupeur.
D'un imposteur oblique, ô mystère! il a peur.
Dès lors, la peur du mal vint troubler les familles,
La grâce déserta le front des jeunes filles,

Le sourire expira sur leurs lèvres glacé,

Et leur amour n'osait choisir un fiancé,

Car, hélas! les plus beaux ainsi que les plus braves,

Par leurs chaînes flétris, languissaient vils esclaves.

A des fils de malheur, le maternel amour

Tremblant, se refusait presque à donner le jour.

Quand, sous le Ciel, s'ouvraient les entrailles des mères,

Oubliant la souffrance en leurs peines amères,

Leur sein, leur triste sein, plein de pressentiments,

Enfantait sans douleurs et sans tressaillements.

Plus de zèle au berceau, plus de joie à la couche.

Les cœurs, sevrés d'amour, n'ont plus rien qui les touche,

La table et le foyer, froids et silencieux,

Ne versent plus d'éclairs sur les fronts soucieux.

Un monde sans soleil, une terre sans flamme,

Peuple sans liberté, peuple mort, corps sans âme.

Mon Dieu! qui reprendra ce Lazare au cercueil?

Qui soufflera la vie et la joie à ce deuil?

Quel bras délivrera d'un odieux fantôme

Ce pays de douleur? — Un martyr, un jeune homme.

Oublié par le fer, l'exil et la prison,

Il vit près de sa mère, orgueil de sa maison,

Orgueil de son pays. Pensif et solitaire,

Cet homme, cet enfant du peuple prolétaire,

Souffre en son cœur brisé. Son œil étincelant

Suit comme une pensée, et son front est brûlant.

Il pense aux maux soufferts, il pense à la patrie,

Vierge morte au tombeau, par les tyrans meurtrie.

Son bras relèvera la sainte liberté,

Glorieux de courage et de témérité,

Las enfin de souffrir qu'un homme caïnique,

De tout un peuple soit le tyran domestique,

Que victime sans gloire et martyr sans honneur,

Ce peuple, sous le Ciel, traîne encor sa douleur.

Et tout-à-coup, brisant une honteuse trêve

De sa main frémissante il a tiré le glaive,

N'ayant, pour soutenir ses complots éclatants,

Que des cœurs comme lui, que des bras de vingt ans.

Mais la victoire, hélas! la victoire adultère

Peut suivre l'étranger, trahir le prolétaire...

Si le succès allait abandonner son bras?

S'il avait contre lui le destin des combats?

Si captif il fallait mourir? — La mort est douce

A ceux que le martyre aux grands dévoûments pousse;

Mais il voit le tyran, redoublant de fureur,

Faire expier aux siens une heure de terreur,

Alourdissant encor les chaînes de ses frères,
Sa vengeance éclater en fatales colères,
Et le péril passé, plus sombre et plus cruel,
Chacun lui sembler traître et chacun criminel;
Comme un reptile impur qui, du pied qui le frappe,
Plus vénimeux encore et plus hideux s'échappe.
Et voilà du héros l'angoisse et le tourment!
Dédaigneux du supplice et du fer qui l'attend,
Oublieux du bourreau, qui vaincu le réclame,
Voilà quels autres soins préoccupent son âme.
Alors venant la fièvre et ses illusions,
Son cerveau s'embrasa d'ardentes visions.
Une voix éclata : tressaillant, il s'éveille,
Et cet hymne du Ciel vibre dans son oreille :

Malheureux enfant d'une triste mère,
Si tu veux venger l'honneur de ton sang,
Brise des méchants le règne éphémère,
Brise l'étranger de ton bras puissant.

De sa gloire, hélas! la Patrie est veuve,
Cette mère en deuil cache ses douleurs,

La terre des forts de larmes s'abreuve,
Les yeux des héros ont connu les pleurs.

Mais il n'est plus temps de verser des larmes,
Mais il n'est plus temps de boire l'affront.
Héros, levez-vous, levez-vous en armes,
L'espérance au cœur, la victoire au front.

Que le temple en deuil chante et se décore,
La gloire avait fui, voici son retour,
Le rameau sacré refleurit encore :
Le règne du mal ne dure qu'un jour.

De tes fers au loin rejette l'outrage,
La Patrie attend, ici que fais-tu?
Marche avec les tiens, lève-toi, courage!
Surgis dans ta force et dans ta vertu.

Et le jeune héros, par un élan suprême,
Bondit en s'écriant : Anathème! anathème!

Et le glaive à la main, précipitant ses pas ,

Il marche en invoquant l'arbitre des combats.

Reposant ses esprits d'une veille farouche ,

L'homme de sang dormait le sommeil de sa couche.

Le sommeil des méchants est un leurre qui fuit !

Dans un rêve maudit un spectre le poursuit ;

Un cri sort à demi de sa bouche oppressée ,

De son front pâle coule une sueur glacée ,

Il sent, comme le dard d'un reptile , en son sein

Pénétrer l'aiguillon d'un poignard assassin.

Mais quel bruit menaçant, formidable se lève ?

Pâle encor des labeurs de son funeste rêve ,

Il écoute égaré. L'épouvante et le bruit

Remplissent son palais ; on arme , on crie, on fuit...

C'est le peuple, la foule en torrent qui s'avance...

Ils marchent, ils sont là. — D'une prompte défense,

L'homme de mal , armant ses satellites prêts ,

A bientôt réuni les terribles apprêts ;

Et de la tyrannie et des fils de lumière ,

Le choc ensanglanté rougira la poussière.

O Dieu ! tes fils vaincus succombent expirants ;

Par le nombre brisés , la mort court dans leurs rangs.

21

A la mort, à la mort un jeune chef les guide,

Entre tous menaçant, entre tous intrépide.

Héroïque soldat, par un sublime effort

Son cœur opiniâtre entraînera le sort.

La flamme est dans ses yeux, il jette là son glaive,

Dans un saint désespoir sa tête se relève,

Il s'élance en avant, seul, présentant le cœur,

Glorieux, comme eût fait un combattant vainqueur.

Il tombe en murmurant le doux nom de sa mère,

La vie aura bientôt quitté sa lèvre amère.

D'un désespoir soudain ses frères enflammés,

Furieux, frémissants, courent, vengeurs armés.

L'ouragan est moins prompt, ô triomphe! ô mystère!

L'oppresseur est vaincu, le front dans la poussière.

Et comme il s'égarait, dans la foule pressé,

Tremblant, par l'épouvante et le remords glacé,

Et qu'un glaive appuyé sur sa poitrine nue,

Il allait succomber d'une main inconnue,

Alors, par les vainqueurs porté sur le pavois,

Du héros expirant on entendit la voix :

Frères, il n'est pas bien que cet homme périsse.

Pour prix de mon trépas et de mon sacrifice,

Qu'il vive! — Il murmura ce suprême pardon,

Et de sa propre vie au Seigneur il fit don.

La foule, recueillant la parole pieuse,
Aumôna le pardon, noblement oublieuse.
Rachetés par le sang d'un suprême martyr,
Quelle plus sainte hostie auraient-ils pu choisir ?

Et sous un ciel lointain, dans un coin de ce monde,
Cachant aux yeux de tous leur misère profonde,
Une femme et des fils purent, touchant devoir !
Embrasser un époux, un père chaque soir.

IV

Frères, le cœur de l'homme est une harpe sainte
Qui ne doit résonner que son hymne divin,
Une coupe choisie et sans goutte d'absinthe
    Mêlée aux vertus de son vin.

C'est le fertile champ du père de famille,
Terre des grains féconds et verger du fruit mûr,
Où jamais sous le fer jaloux de la faucille
    Ne doit tomber qu'un froment pur.

Un Océan, mondé par sa propre amertume,
Dont les flots, par l'orage et la douleur battus,
Recèlent dans leur fond, sous un voile d'écume,
    Les perles blanches des vertus.

C'est le ciel, éclatant quand le bonheur l'éclaire,
Se voilant, quand le sort nous amène sa nuit,
Nuit touchante où toujours, rayonnant solitaire,
Quelque doux astre sur nous luit.

Tel est le cœur de l'homme, une sainte harmonie
De tout bien, de tout charme et de toute beauté :
Un sanctuaire où prie et veille un bon génie,
Le temple de la charité.

V

Sous les pieds dédaigneux de la grande cité,

Dans la nuit d'une sainte et grave obscurité,

Cachant loin des regards la paix de leurs mystères,

Des fidèles priaient, familles solitaires.

Le nom d'un Dieu nouveau s'invoque dans leurs chants,

Leurs vœux sont pour les bons comme pour les méchants.

Celui dont leur prière adore la mémoire

Apporta sur la terre une nouvelle gloire.

Doux enfant de la femme et divin de beauté,

Il enseigna l'amour et la fraternité,

Du faible et du petit exalta la souffrance,

Aux pauvres affligés promit la délivrance;

Puis expira d'amour sur le mont Golgotha,

Martyr des vérités que sa bouche apporta.

Si, fuyant le grand bruit, la tristesse dans l'âme,

Cherchant la solitude, ineffable dictame,

Dans les plaines de Rome, indécis pélerin,

Vos pas vous ont porté près de ce souterrain;

Si, rencontrant ce coin désert, semé de tombes,

Votre âme s'est émue au chant des catacombes,

Et si, prêtant l'oreille à ces hymnes pieux,

Echo divin reçu de la voûte des cieux,

D'un charme attendrissant vous avez l'âme atteinte,

Descendez, franchissez le seuil, heurtez sans crainte,

Devant vous s'ouvriront les rangs de ces élus

Et vous serez reçu comme un frère de plus.

Asseyez-vous, mangez à leur frugale table,

Rompez leur pain, la joie, une joie ineffable

Exaltera vos sens et votre cœur épris,

Ils seront bons pour vous, car ce sont des proscrits.

La terre est leur abri, la terre et ses entrailles :

Ils ont choisi ce lieu, vivantes funérailles,

De toutes parts fuyant les persécutions,

Presque un objet de haine aux yeux des nations.

Cependant l'hymne saint, mélodieux s'achève.

Un vieillard, au front pur, de la foule se lève,

Et seul vers l'autel nu s'avançant à pas lents,
Il ouvre la prière en modules tremblants :

O mes enfants ! à Dieu seul notre hommage,
Au Dieu vivant l'hommage de nos cœurs.
Dieu fort, ta main fit l'homme à ton image,
Par toi, du mal que nous soyons vainqueurs !
Protège, hélas ! tes fils que l'on menace,
Et des méchants brise les complots vains.
L'enfer jaloux de ses nœuds nous enlace,
Romps le reptile avec tes bras divins.

Et le chœur des élus, sous les voûtes lointaines,
Répétait : Dieu vivant, brise, brise nos chaînes.

Enfans, là-haut, sur ce sol de misères,
Vils serviteurs de maîtres sans pitié,
Vont gémissant des hommes, tous nos frères.
Prions pour eux, et souffrons de moitié.
Dieu de vertu, romps d'indignes entraves,
Jette ton charme à de longs maux soufferts,

Délivre-les, délivre les esclaves,
Et qu'à ta voix tombent partout les fers. ·

Et le chœur des élus, sous les voûtes lointaines,
Répétait : Dieu vivant, brise, brise leurs chaînes.

Pour le proscrit, sevré de sa patrie
Prions, mes fils. Pitié pour son malheur.
A l'étranger l'âme languit flétrie,
Le pain d'exil est un pain de douleur.
Rends sa jeunesse aux baisers de sa mère,
Rends à ses yeux son père aux cheveux blancs.
L'exil, hélas! est une épreuve amère,
Pleurs de l'exil, que vous êtes brûlants!

Et le chœur des élus, sous les voûtes lointaines,
Répétait : Dieu vivant : charme, charme ses peines.

Ce malheureux dont la tête vacille,
Vieillard précoce et blanchi par la faim,
Dans les tourments voit sa pâle famille
Et ses enfants lui demandent du pain.

Dieu de secours, donne la nourriture,
Donne la vie aux pauvres affamés,
Car les oiseaux du Ciel ont leur pâture
Des grains féconds que ta main a semés.

Et le chœur des élus, sous les voûtes lointaines,
Répétait : Dieu vivant, charme, charme leurs peines.

Sur ce grabat, vaincus par la souffrance,
Corps amaigris luttant contre le mal,
Des malheureux à la mort qui s'avance
Vont disputant leur chair, butin fatal.
Dieu de bonté, que ton secours s'applique
Par notre main : nous verserons joyeux
Sur le lépreux et le paralytique
L'huile et le baume, en ton nom glorieux.

Et le chœur des élus, sous les voûtes lointaines,
Répétait : Dieu vivant, charme, charme leurs peines.

Dans ce cachot, coupable ou pur de crime,
Privé du jour qu'il ne doit plus revoir,

A ce captif, douloureuse victime,

Fais, ô mon Dieu ! luire un rayon d'espoir.

Seul, toujours seul !.. quelle sombre agonie !

Devant ses yeux il voit écrit : jamais !

Au prisonnier donne pour bon génie

Ton espérance, au sourire de paix.

Et le chœur des élus, sous les voûtes lointaines,

Répétait : Dieu vivant, brise, brise ses chaînes.

Loin de leur mère, hélas ! qui les délaisse,

Des enfants nus gisent au carrefour.

Recueille-les, ô mère de tendresse,

Charité sainte, ouvre-leur ton amour.

Pauvres enfants que le berceau rejette,

Ils n'ont connu que le lit de douleur !

Tu n'avais pas où reposer ta tête,

O fils de l'homme, et ton sort fut le leur !

Et le chœur des élus sous les voûtes lointaines,

Répétait : Dieu vivant : charme, charme leurs peines.

Quel douleureux tableau s'offre à ma vue !

Pour ton ouvrage, ô mon Dieu ! quel affront !

L'homme s'achète et sa chair est vendue,

Cet ange à qui tu soufflas l'âme au front !

Dieu créateur, rachète ton ouvrage,

Pour un peu d'or livré, bétail humain,

L'homme est divin, malheur à qui l'outrage,

Venge l'honneur de l'œuvre de ta main.

Et le chœur des élus, sous les voûtes lointaines,

Répétait : Dieu vivant, brise, brise, leurs chaînes.

O mes enfans, prosternés sur la pierre,

Tombons fervents, tombons à deux genoux.

Levons au Ciel notre ardente prière

Pour les martyrs, les proscrits comme nous.

Le Christ sauveur ouvre une ère nouvelle,

Ère d'amour, d'union, de bonheur :

Le genre humain, famille fraternelle,

Ne fera qu'un dans le sein du Seigneur.

Le céleste vieillard, les yeux remplis de larmes,

Dans une sainte joie oublia ses alarmes,

Et les élus en chœur, groupes de sainteté,
Partagèrent entr'eux le pain de charité.

Du Christ multiplia la divine famille :
Doux astre, chaque jour d'un doux rayon il brille,
Et chaque jour pâlit, par la nuit effacé,
Le paganisme impur, fantôme du passé,
Spectre qui fuit, traînant ses lugubres souffrances,
Ses maux, fruits vénéneux de funestes puissances,
Ses vices assassins, ses crimes odieux,
Sacrés par les autels, perpétrés par les Dieux.
Ferme, ferme à jamais sa lamentable histoire,
O Christ! vois ces tourments, ces tortures sans gloire,
Et la chair et le sang souffrant dans les douleurs,
Les parias trempant leur pain avec leurs pleurs,
La bouche des heureux que le dédain effleure
Versant son ironie à leur frère qui pleure,
Le pauvre et ses enfants par la faim désolés,
Le faible et le petit aux puissants immolés,
La fortune sans cœur, honteuse courtisanne,
Dans sa sphère riant de Dieu qui la condamne,
Savourant à longs traits la coupe des festins,
Et délaissant le pauvre à ses amers destins.

Douleurs sans nom! tableau de la malice humaine.

C'est celui qu'étalait ta cité souveraine,

Rome! monstre formé de splendeurs et de deuil,

Sépulcre désolé que blanchissait l'orgueil!

Tu ne méritais pas, ô mère sans entrailles,

Que ton glaive ceignît le laurier des batailles,

Car ton impie Olympe, aux malheureux fermé,

Ne l'inspira jamais à venger l'opprimé.

Oh! tandis que couchés sur les fleurs de tes rives,

Doux golfe de Baïa, de fortunés convives,

Invoquant pour tout Dieu l'impudique fatum,

Se couronnaient le front des roses de Pœstum,

Tandis qu'ils s'enivraient de lascives maîtresses,

Avec les fleurs d'un jour effeuillant leurs caresses,

Et mariaient les chants des orgiaques nuits

Avec la molle brise aux harmonieux bruits,

Là-bas, souffrant la faim et suant la misère,

Un homme, pauvre esclave, et trop malheureux père,

Maudissant la patrie et ses labeurs ingrats,

Hélas! sentait mourir ses enfants dans ses bras.

Telle était de ces temps la misère profonde,

Quand le sang des martyrs régénéra le monde.

Vierges, aimez encor vos fiancés élus,

Sur vos fils affranchis, mères, ne pleurez plus.

La joie et le bonheur refleurissent encore :

Sainte flamme du cœur, la charité dévore

Et le martyr qui vole aux glorieux trépas

Et ceux qui de leurs vœux accompagnent ses pas.

Et cependant le fer, la flamme meurtrière

Immolent par milliers ces enfans de lumière.

Le siècle a déchaîné ses Baals, ses Mammons,

Dieux impurs renversés, sanguinaires démons,

Puissances des autels expirant dans la fange,

Reptiles dont le souffle en s'exhalant se venge.

Ils mourront ces héros, s'il le faut, par millions,

Sous le glaive du feu, sous la dent des lions,

Aux jardins de César leur chair bituminée

Éclairera des nuits la fête illuminée;

Au Cirque ils tomberont, champions de leur foi,

Royalement meurtris de par le Peuple-Roi.

Et que leur fait la mort? — Ou plutôt, quelle ivresse

D'expirer, saints martyrs d'une sainte tendresse !

La mort? — Oh! c'est un sort trop rempli de douceurs

De tomber pour sauver ses frères et ses sœurs !

Ainsi le bataillon que fauche la mitraille

Jusqu'au dernier soldat mourrait à la bataille

S'il fallait qu'à la mort de tous fût engagé
L'honneur de la victoire et du drapeau vengé.

Quel noble sang versé ! quelles grandes victimes !
Tous martyrs demi-Dieux, tous héros magnanimes.
Adolescents, vieillards, filles, mères, enfants
A la mort, à la gloire accourent triomphants.
Des vierges, pauvres fleurs, de faibles jeunes femmes
Affrontent sans pâlir les supplices infâmes,
Et les héros des camps, les austères guerriers
Croisent, deux fois martyrs, les palmes aux lauriers.
Levez-vous, soulevez vos tombes lumineuses,
Légionnaires martyrs ! victimes généreuses !
Noble sang que glaça le bain Arménien !
Pléïade de quarante au firmament chrétien !
Qui tombant, murmuriez d'une bouche meurtrie,
Les deux noms fraternels de Christ et de Patrie !
Innombrables témoins, prenez tous votre rang,
Chacun de vous est saint, chacun de vous est grand !
Vivez dans nos respects, vous tous vainqueurs du monde,
Cendre de nos aïeux, dix-huit siècles féconde ;
Vivez dans nos respects, car dans ces grands combats
Où, martyrs du bon droit, Dieu nous arme soldats,

Que le bourreau nous cherche au Rostre ou bien au temple ,

Toujours votre vertu dira , vivant exemple ,

Comment il faut aimer, comment il faut souffrir,

Et pour la Charité le secret de mourir !

VI

Je vais sonder encore un douloureux mystère.
Il n'est pas de douleurs sur cette humaine terre,
Pas de maux éprouvant l'âme ou le corps humain,
De labeurs répandus au douloureux chemin,
De crimes attristant notre pauvre nature,
Et de souffrance aiguë et de sombre torture
Dont Dieu s'afflige autant que lorsque son œil voit
L'homme en punition immolé de sang-froid.
Détournant son visage à cette vue amère,
Il comprend bien alors toute notre misère ;
Il souffre... hélas ! et c'est toujours avec des pleurs
Que ses yeux voient surgir ces sinistres malheurs.
Un sang d'homme versé par la loi du supplice
Monte comme l'odeur d'un infect sacrifice.

Or, tuer son semblable est une impiété,
Je vous le dis. Celui qui fit l'humanité
Et qui l'entretient seul avec sa Providence,
S'est réservé tout droit sur l'humaine existence.
Il est jaloux..., jaloux de ce droit absolu.
Malheur à qui tua sans que Dieu l'ait voulu!
Pour briser, sans qu'il soit indigné ni trop triste,
L'ouvrage où se complut sa tendresse d'artiste;
Pour toucher à ce front où depuis le berceau
Se grava l'âme humaine, indélébile sceau,
Sceau de grandeur, cachet de majesté suprême,
Chose sans prix où vit la divinité même;
Pour tarir en sa source et briser dans le sein
Le cœur, harpe divine, instrument trois fois saint;
Pour pouvoir exercer, sans crime et sans injure,
Le droit du Créateur envers la créature,
Devancer l'heure écrite au livre du Très-Haut,
Pour tuer l'homme enfin, savez-vous ce qu'il faut?

Il faut des saints combats la sainte violence,
La lutte généreuse où le soldat s'élance,
Les grands chocs pleins de fièvre et pleins de sang versé,
Où la poitrine nue et le front rehaussé,

Confiant sa fortune au destin des batailles,

Chacun donne et reçoit de grandes funérailles;

L'esprit de frénésie, un carnage, un duel,

Où le bras est fatal, mais n'est jamais cruel;

Un de ces jours marqués de famine, où la tombe

Réclame de la guerre une vaste hécatombe.

Pour combattre l'esprit du mal, hélas! il faut

Souvent du sang, et c'est un secret de Là-Haut.

Des desseins éternels, terrible auxiliaire,

Aux conseils de la mort Dieu fit entrer la guerre.

Tout peuple porte en lui cet orageux instinct,

Et ceux dont le Tropique a basané le teint,

Et ceux qui, sous le poids d'un firmament de glace,

Se réchauffent une heure à leur soleil qui passe.

Dans chaque histoire il est de solennels moments,

De combats généréux, de grands ressentiments,

Où comme les volcans, les familles humaines,

Répandent au dehors la lave de leurs haines.

Mais ces trépas donnés sans cœur, sans passion,

D'un homme désarmé cette immolation,

Cet appareil dressé comme pour une fête,

Cet instrument de sang attendant une tête;

A l'holocauste impur le peuple convié,

Regardant tronçonner un cadavre.... O pitié!

Arrêtez, ô mon Dieu ! cet impur sacrifice :
Que votre main se sèche en touchant au supplice !
Hommes de mort, docteurs fétides du néant !
De venger la justice il vous est mal séant.
Qui de vous pur et saint voudra lancer la pierre ?
Quelle main sans péché, frappera la première ?
Vous qui n'avez au cœur qu'amertume et que fiel,
Vous voulez exercer la justice du Ciel ?
Si cet homme a tué, n'imitez pas son crime,
Car dans le sang l'abîme appelle un autre abîme ;
N'allez pas demander la vengeance au trépas,
Et s'il fut assassin, vous, ne le soyez pas.

Il est dans l'âme, alors que le remords l'effleure,
Une fibre d'amour, une fibre qui pleure.
Cette corde fut mise à la lyre du cœur,
Pour que le son toujours vibrât du mal vainqueur.
Quand l'homme va faillir, douloureuse elle crie,
Et quand il se repent, elle gémit et prie,
Apportant le pardon de la terre et des cieux.
Chantant ces hymnes purs qui font pleurer les yeux,
Si parfois elle dort, jamais elle n'est morte,
Le mal, son ennemi, lui donne la voix forte,

Et quelquefois enfin elle rompt avec bruit,

Et c'est lorsqu'au tombeau le remords nous conduit.

Oh! ne t'éteins jamais au fond de l'âme humaine,

Voix sainte du remords, du crime sois la peine!

Parle souvent au cœur du coupable endormi,

Comme la voix sévère et douce d'un ami;

Que t'acceptant toujours, volontaire supplice,

Vaincu par tes accents, lui-même il se punisse.

Donnons au repentir un regard fraternel,

Et haïssons le crime et non le criminel.

)

VII

Elle ne porte au front ni perles, ni rubis,

Un deuil grave et pieux a tissu ses habits.

Auréole du ciel, la pudeur l'environne,

Une blanche coiffure est sa chaste couronne;

Ses yeux sont ceux d'un ange, elle en a la douceur,

Et le malade, au lit couché, lui dit : ma sœur.

Devant cette beauté, cette grâce divine

Toujours le cœur se tait et le regard s'incline.

Si vous voulez goûter l'arôme de ses pas,

Aux fêtes de ce monde, oh ! ne la cherchez pas :

Humble et modeste fleur qu'abrite la vallée,

Elle vit ici-bas, volontaire exilée,

N'exhalant, dans le calme heureux des passions,

Que le parfum choisi des bonnes actions.

Du malade qui souffre elle est le bon génie ;

Du pauvre moribond consoler l'agonie,

Se pencher, vigilante, au chevet du lépreux,

Charmer par de doux soins ses labeurs douloureux,

Ange de la souffrance et mère de tendresse :
Voilà les passe-temps de sa blonde jeunesse.

Fiancée aux douleurs des pauvres de son Dieu,
Elle a dit à ce monde un éternel adieu.

Seulement, quand le soir, à genoux sur la pierre,

Seule, elle exhale au Ciel l'encens de sa prière,

Une image parfois, un nom, écho lointain,

Lui rappellent d'un temps passé l'amer destin,

Souffle qui passe et trouble une surface pure,

Tressaillement qui rouvre au cœur une blessure.

C'est un destin mélancolique,
Un drame hélas! de chaque jour,
Un drame presque fatidique,
Un vulgaire malheur d'amour.

Et cependant je sens mes larmes
Monter à récit touchant :
La pauvre enfant donna ses charmes
Et son cœur au cœur d'un méchant.

Tout entière livrant son âme,
Au charme d'un amour trompeur,
Elle aima.... comme aime la femme,
Joyeuse, sans crainte, sans peur.

Délaissée, ô douleur amère!
Seule en face de son malheur,
Seule, loin des yeux de sa mère,
Elle dévore sa douleur.

Combien de jeunes destinées
Qu'entraîne l'amer désespoir!
Que de jeunes filles fanées,
Lys le matin, fange le soir!

Prise de ce fatal vertige,
Pauvre enfant, elle s'en allait...
Brisée à demi sur sa tige,
Cette triste fleur chancelait.

O recueille la fleur qui tombe,
Sauve l'enfant de ton amour,
Dispute, ô mon Dieu ! la colombe
Au désespoir, fatal vautour.

Elle aima, ce fut là son crime ;
Aime encor, vierge de beauté !...
Sauvant cet ange de l'abîme,
Dieu la fit Sœur de Charité.

www.ingramcontent.com/pod-product-compliance
Lightning Source LLC
Chambersburg PA
CBHW061700180626
46818CB00003B/1191